A PRINCESA de Ébano

E AS SETE VIRTUDES

DIANA SOUSA

Copyright © Diana Sousa, 2023
Todos os direitos reservados. É proibido o armazenamento, cópia e/ou reprodução de qualquer parte dessa obra — física ou eletrônica —, sem a prévia autorização do autor.

Esta é uma obra de ficção, qualquer semelhança com nomes, pessoas, fatos ou situações da vida real terá sido mera coincidência.

EDITOR CHEFE: *Fernando Luiz*
COORDENAÇÃO EDITORIAL: *Gabrielle Batista*
REVISÃO: *Gabrielle Batista*
CAPA E DIAGRAMAÇÃO: *Amorim Editorial*

Esta obra segue as regras do Novo Acordo Ortográfico da Língua Portuguesa.

DADOS INTERNACIONAIS DE CATALOGAÇÃO NA PUBLICAÇÃO (CIP)

B538c Sousa, Diana
   A princesa de Ébano e as sete virtudes / Diana Sousa
   São Paulo, SP: Editora Skull — Selo Freya Editorial , 2023.
   1ª Edição
   88p. 21cm.

   ISBN: 978-65-87321-39-4

   1. Ficção Brasileira I. Título II. Autor
         CDD: 869.3 CDU: 821.134.3(81) — 3

CNPJ: 27.540.961/0001-45
Razão Social: Skull Editora e Venda de Livros
Endereço: Caixa Postal 79341
Cep: 02201-971 — Jardim Brasil,
São Paulo — SP — Tel: (11) 95885-3264
www.skulleditora.com.br/freyaeditorial

 @skulleditora
 www.amazon.com.br
 @freyaeditora

Este livro é dedicado às pessoas que escolheram fazer diferente, sem elas o mundo seria bem menos interessante.

A todas as pessoas que não tiveram começos felizes, mas que souberam fazer escolhas e construir uma vida plena, aquelas que não permitiram que começos difíceis e famílias disfuncionais os definissem.

Dedico também às mulheres guerreiras, mães solos, garotas cheias de sonhos que lutam diariamente para ocupar seu espaço, serem respeitadas e criar seus filhos com dignidade.

E por fim às pessoas que enfrentam as consequências por suas escolhas, aquelas pessoas especiais que não se omitem diante de injustiças.

"Àquele que não transmite luz,
cria a sua própria escuridão."

Marco Aurélio

O Despertar

"Não é a morte que um homem deve temer, mas ele deve temer nunca começar a viver."

Marco Aurélio

Em um lindo reino africano, de base matriarcal, vivia uma família ancestral composta pelo rei Tutsy, rainha-mãe Merys e duas lindas princesas Sahor e Cleops. As princesas viviam uma vida de aventura, amizade e liberdade, contudo seus pais eram frustrados, pois, desejam muito ter um filho homem e apenas conseguiram gerar duas filhas meninas.

Apesar de o reino ser matriarcal, a coroa sendo repassada entre as mulheres de sangue real, para aqueles soberanos, sobretudo para Tutsy ter um filho homem era muito importante. Tutsy era machista, orgulhoso e tinha planos de mudar as leis de Kemet subjugando as mulheres e relegando-as ao segundo plano.

Os reis faziam distinções entre suas filhas. Gostavam de rivalizá-las, dizendo à caçula, Sahor, que a primogênita era esforçada, inteligente e valiosa e mostrando a mais velha, Cleops, que a mais nova era obediente, calma e amorosa. Essa situação ridícula era reforçada pela rainha. Merys preocupava-se em agradar o marido acima de qualquer coisa, até mesmo suas filhas ficavam em segundo plano.

Mesmo assim, as irmãs se davam muito bem, provavelmente pelos dez anos de diferença entre elas, e o fato da mais velha Cleops sempre ter cuidado e amado muito Sahor. Cleops tinha dez anos de idade quando Sahor nasceu, ela sempre foi sua bonequinha. Cleops cuidou, amou e protegeu Sahor o máximo que pode das loucuras dos pais.

O reino prosperou nas primeiras duas décadas sob o comando de Merys e Tutsy, contudo os soberanos tinham muitos conflitos com os demais representantes do povo. Às vezes longas amizades eram rapidamente desfeitas e se instalava um clima de hostilidade.

Os reis passaram a governar em meio a conflitos, a maioria gerados por eles próprios. Ambos também possuíam maestria em manipular a opinião alheia e as pessoas próximas, para que pensassem que eram sempre as vítimas, invejados e atacados.

O clima era pesado e muitas vezes a rainha-mãe Merys, que tinha consciência do que era certo e errado e mesmo assim fazia todas as vontades de Tutsy, caia doente. Todos acreditavam na inocência da rainha e se compadeciam de Merys. Quando jovem ela foi uma princesa muito querida pelo povo, era caridosa, boa e o povo sentia gratidão por ela, mesmo agora, anos depois, quando Merys adoecia era uma tristeza generalizada.

O grande problema era que aquela princesa bondosa se tornou uma mulher perversa, quando a crise de consciência passava ela reaparecia soberana e cruel.

Aqueles monarcas eram habilidosos em manipular, criar conflitos e mentir. Também eram mestres em convencer os anciãos de Kemet, únicos que tinham o poder de destituí-los, de que eram bons, amáveis, justos e honestos.

De fato, em algum momento de seu reinado, eles foram bons, eram jovens idealistas, mas as coisas foram mudando e se tornaram arrogantes e impiedosos. Sim, essa é uma história tristemente real em que o poder sem limites corrói o caráter.

Os reis continuavam a criar e viver seus conflitos, esquecendo-se de dar limites a pequena Sahor que crescia com muita afetação, mimos e sensibilidade para consigo mesma.

Cleops teve mais sorte nesse quesito, ela nasceu assim que sua mãe Merys foi coroada e se casou com Tutsy, portanto sua educação e cuidados foram relegados a sua avó paterna Miríades. Miríades era uma anciã de Kemet, era uma pessoa muito sensata e moral.

A personalidade de Cleops foi construída por essa avó, e só voltou para o castelo para viver com seus pais quando já tinha dez anos de idade e Sahor havia nascido. Na verdade, os soberanos a trouxeram para ser babá da irmã enquanto eles desfrutavam a vida e as riquezas do reino.

Alguns anos se passaram e a princesa Cleops se tornou uma linda jovem, com personalidade marcante e bondosa. Ela amava a família, porém já estava cansada de tantos conflitos, os pais criavam inimizades com tudo e com todos

Nem mesmo sua querida avó Míriadis foi poupada da vilania dos reis. Certo dia ela chamou a atenção de Tutsy por suas ações cruéis de rivalizar as próprias filhas e a partir daí ele deixou de visitá-la e de recebê-la no castelo, renegou a própria mãe, mas não tinha poder de destituí-la como anciã do reino.

Cleops chegou à maioridade aos 16 anos, já estava praticamente forjada no mesmo padrão impiedoso dos pais, entretanto ela buscava, de maneira consciente, uma nova vida, longe daquele reino. O caminho que encontrou para viver longe dos genitores eram os estudos.

Passou mil noites e dias estudando, lendo, resenhando e escrevendo até que foi chamada para ser aprendiz junto às sacerdotisas da deusa Diana, em um reino distante, menos conflituoso e mais avançado. O que ela iria encontrar, mudaria para sempre os rumos de sua vida.

A deusa romana Diana, de tão poderosa e significativa, era também adorada, sobretudo nos reinos matriarcais da África, como era o caso de Kemet. Era conhecida como a deusa da caça e da lua, uma mulher linda e independente, indiferente ao amor que conseguiu a permissão do pai para não se casar

Das histórias sobre Diana a que mais agradava Cleops, a de quando a deusa transformou um caçador em cervo e soltou seus cães para dilacerá-lo, já que o homem havia a visto nua durante o banho e tentado violentá-la era sua favorita.

Diana era uma caçadora incansável, seus cultos eram realizados em templos rústicos no meio da floresta, anualmente estes santuários abriam vagas para novas sacerdotisas. O processo seletivo envolvia diversas etapas, provas escritas, testes de habilidades esportivas, testes psicológicos e de caráter e por último decifrar três enigmas da esfinge. Caso não conseguisse esclarecer nenhum enigma, a aspirante a sacerdotisa era morta e devorada pela esfinge, seus ossos eram enterrados em solo sagrado.

As mulheres que conseguiam decifrar apenas um enigma eram enviadas de volta para casa com os cumprimentos do templo e podiam tentar o ingresso mais uma vez no próximo ano. As aprendizes que elucidavam dois enigmas da esfinge, poderiam, se assim o desejassem, servir no templo como recepcionista, auxiliar dos professores e aplicadoras de provas.

Caso a aspirante decifrasse três enigmas tornar-se-ia uma das novas sacerdotisas em treinamento.

Cleops passou em todas as etapas, tornou-se então sacerdotisa da deusa que tanto admirava, foi enviada para estudar em um reino distante, menos conflituoso e mais avançado. O que Cleops iria encontrar no templo e os conhecimentos que iria adquirir mudariam para sempre os rumos de sua vida e de todo o reino de Kemet.

Ela era tão esforçada, disciplinada e bondosa que conseguiu chamar para si a atenção da própria Deusa. Cleops ficou radiante com a aprovação na seletiva de sacerdotisas para o templo sagrado, entretanto, seus pais logo começaram a boicotar os sonhos da jovem princesa. Fizeram de tudo para atrapalhar a partida da princesa para o templo de Diana.

Com esquematizações e armações geniais, conseguiram

arranjar um namoro entre a princesa Cleops e o filho do jardineiro do palácio, um rapaz muito bonito e charmoso. Se chamava Cam, era dez anos mais velho que a princesa, cheio de artimanhas de conquistas. Um mulherengo canalha e imoral.

Contrariando a várias especulações e expectativas dos súditos reais, os soberanos estimulavam essa relação. Dizendo que a princesa precisava ser mais humilde e o filho rebelde do jardineiro a ensinaria várias lições. Os reis de Kemet eram perversos e doentios, em vez de apoiar e ajudar a filha em sua nova jornada, faziam de tudo para acorrentá-la ao palácio para viver uma vida na sombra dos pais, sob o controle mental deles.

De fato, foram várias lições sobre escolhas de vida que esse namoro ensinou à princesa. O rebelde Cam era uma pessoa humilde de recursos e pobre de espírito, era dado a festas e vícios e sempre que podia traia e enganava a jovem princesa.

Quando Cleops precisou partir para os estudos, Cam começou a correr atrás dela, era o mais romântico e interessado apaixonado. E de tanto insistir conseguiu enganar a princesinha e o relacionamento seguiu por mais um tempo. Cleops com muito esforço conseguiu se desvencilhar das diversas dificuldades impostas pelos pais e partiu para os estudos em terras estrangeiras. Ela vinha ao palácio aos finais de semana e feriados, sempre se encontrava com Cam e a família.

A princesa, por ser uma aprendiz brilhante, logo foi chamada para atuar junto às sacerdotisas no centro avançado de magia, era uma ordem superior dentro da organização do próprio templo de estudos. Era uma espécie de estágio, estudava de manhã e à noite e trabalhava no centro de magia à tarde, uma experiência incrível e enriquecedora, que agregou muitos conhecimentos e sabedoria a ela.

Já prevendo o fim do namoro com os avanços acadêmicos da princesa no santuário da Deusa, Cam propôs casamento a Cleops. Ela não aceitou, queria terminar os estudos e se dedicar a magias avançadas. Na primeira oportunidade que teve, o ambicioso Cam engravidou a princesa, imaginando que assim ela seria obrigada a se casar com ele, tornando-o consorte da futura rainha.

Cleops viu seus planos ruírem, percebeu o quão mesquinho, cheio de vícios e ambicioso era o jovem Cam decidiu romper com ele e seguir nos estudos até o nascimento do filho que carregava no ventre.

Continuou a estudar aprofundando na arte da proteção mística, trabalhando junto às sacerdotisas no fortalecimento do templo. Alguns meses depois se formou com honras, apresentou o seu trabalho final com o bebê nos braços, pois os soberanos não permitiram que ninguém a ajudasse nos cuidados com o filho, além deles mesmos, e no dia da formatura eles decidiram que não cuidariam do neto.

A princesa lutou por sua formatura, teve e criou seu filho sozinha, Cam havia desaparecido do reino e ela não sabia se ele estava vivo ou morto, esperava que estivesse morto, assim não influenciaria o filho a seguir os caminhos da maldade e preguiça trilhados pelo pai.

Os soberanos ficaram extasiados com a possibilidade da princesa gerar um filho homem, e antes mesmo dele nascer já planejavam maneiras de se apoderar da criança. Deram total apoio à filha para que se afastasse de Cam e criasse a criança sozinha, com a "gentil" ajuda deles.

A princesa terminou o seu treinamento e conseguiu por mérito próprio em terra estrangeira uma boa colocação como sacerdotisa do templo de Diana, mas era difícil conciliar a vida de mãe e sacerdotisa.

Decidiu então não mais se dedicar aos estudos, desistiu de estudos superiores em magia de proteção, mas continuou a crescer em sabedoria. Depois de tantas decepções seu maior desejo era juntar tesouros, ter autoridade e poder sair com seu filho do castelo de seus pais. Cam foi expulso do reino de Kemet pelos soberanos, nunca mais procurou a princesa ou quis saber do filho. Seus planos eram de única e exclusivamente se dar bem através daquela criança, ele não contava era com o desejo de Tutsy e Merys em também ter aquela criança para si, após um tempo ninguém mais soube dele, inclusive toda a família desapareceu misteriosamente.

Cleops sofria, ela não aceitava as interferências hostis dos soberanos na educação de seu filho Ravi. Tais interferências confundiam demais a cabeça do garoto, que apesar de bom, era extremamente rebelde e desobediente.

Os soberanos não conseguiam mais manipular Cleops após a estadia dela no templo das sacerdotisas, contudo tinham total controle sobre Sahor, que já demonstrava sinais de fragilidade e esgotamento mental. Nessa época, Sahor tinha pouco mais de treze anos de idade.

O filho de Cleops, Ravi, era uma criança difícil, empoderada, com pouca empatia. Era a figura exacerbada dos avôs, um pequeno tirano, amado por todos, inclusive pelos insensíveis reis, Sahor e principalmente por sua mãe Cleops.

Em uma manhã de domingo, Cleops que já havia conseguido um local para morar longe do castelo, preparava suas coisas e as do pequeno Ravi, já com cinco anos de idade, para juntos finalmente partirem da casa e desmandos dos avós. Ela havia conseguido uma excelente casa bem próximo ao templo de Diana, e poderia trabalhar e viver sua vida com o filho. Seria o céu: deixaria de ser princesa, porém poderia conciliar sua vida de mãe e sacerdotisa, seria independente, livre dos tentáculos da nociva família real.

Ao entrar na sala do trono para se despedir dos pais, o tirano Tutsy disse que não aceitaria aquela desfeita, que não aceitaria a partida da princesa. Cleops enfrentou Tutsy que em um acesso típico de violência agrediu a princesa com tapas, chutes e empurrões. Cleops foi defendida por sua mãe Merys e sua irmã Sahor das agressões de Tutsy.

Aproveitou a confusão para sair de vez daquele local, na porta do palácio o rei mandou que os guardas a cercassem e não permitissem sua partida com Ravi. Dizendo que as ordens haviam mudado, ela não era mais bem-vinda no reino, deveria partir como exilada e deixar o filho no castelo. O soberano déspota a partir desse momento começou a chamar o pequeno Ravi, de meu filho, não meu neto e insistia para que a criança também o chamasse de pai.

Tutsy previa a morte da rainha-mãe e não suportava a ideia de deixar de ser rei e passar a ser súdito de Cleops, com isso determinou o exílio da filha para manter-se no trono como regente até a maioridade de Sahor, pelo menos essa era a versão que ele dava quando questionado por algum ancião da lei sobre os fatos ocorridos no castelo naquela manhã de domingo.

Para poder sair do castelo acompanhada de seu filho Ravi, Cleops precisou, pela primeira vez em sua vida, lutar. Usou seus conhecimentos em magia e manteve Ravi grudado a si, o garoto aproveitando-se de um momento de distração e em uma demonstração incrível de força e amor por sua mãe, se apoderou do cetro do rei Tutsy. Esse cetro possuía poderes paranormais de controle. Quem o possuísse teria poder sobre os guardas do palácio.

Ravi, em posse do cetro, determinou que todos se afastassem e saíssem do caminho de sua mãe, amparou a princesa que estava machucada e visivelmente humilhada pela situação e juntos de mãos dadas finalmente partiram daquele inferno.

Ao sair, Ravi quebrou o poderoso cetro centralizador do rei e com isso começou a ruína da casa de Tutsy. Afinal toda maldição, um dia encontra o seu fim.

A doença de Merys se agravava e a legítima herdeira do trono era Cleops. Tutsy não queria abdicar do poder, contudo os guardas do palácio já não viam o seu reinado com bons olhos, visto que eram fiéis às leis e tradições do reino e não ao soberano.

Quando Ravi quebrou o cetro centralizador de Tutsy, os guardas acordaram do encantamento de obediência cega e não eram leais ao rei e sim a rainha Merys, em segundo plano as princesas. Com medo de ser deposto da monarquia, Tutsy recorreu à contratação de mercenários, estes lhe seriam fiéis, a custo dos tesouros do reino

Mercenários geralmente tinham pouca ou nenhuma moralidade, e os contratados por Tutsy tinham prazer em infligir o mal a outras pessoas. Quando cobrados, justificavam suas ações, culpando sempre o outro, eram narcisistas e sádicos como o senhor a quem eram fiéis, fidelidade comprada com o dinheiro do povo. E o povo de Kemet, uma nação privilegiada, começou a perecer, altos impostos foram criados e deterioravam cada dia mais a qualidade de vida dos súditos.

Na partida trágica de Cleops e Ravi, a princesa Sahor foi de mal a pior, em um momento de lucidez resolveu seguir os passos da irmã e dedicou-se a estudar. Entretanto, foi para o templo de estudos de seu próprio reino, tornando-se lá uma legítima e manipulável ativista do sistema Tutsy.

A princesa Sahor defendia seus pais e suas atitudes por mais que fosse comparada, inferiorizada, manipulada e agredida. Ela continuava a defender os interesses daqueles soberanos, em detrimento a sua irmã e sobrinho e aos genuínos interesses do povo

As notícias sobre as injustiças de Tutsy e Merys contra a amada princesa Cleops corriam pelo reino. Essa notícia somada às insatisfações daquele povo contra os monarcas deu origem a um movimento conspiratório que queria Cleops como soberana.

De acordo com profecias antigas daquela civilização, em breve nasceria uma rainha, com as qualidades necessárias para conciliação de todos os clãs e reinos vizinhos formando uma grande civilização.

O momento político atual de Kemet era grave, todos acreditavam que a rainha predestinada e escolhida para prosperidade do reino seria Cleops, porém as parcas do destino seriam as responsáveis de, no tempo certo, mostrar aquela sociedade que as divindades tinham uma outra opção e desfecho para o cumprimento da poderosa profecia.

Nasce uma Rainha

"A alma fica tingida com a cor de seus pensamentos."

Marcos Aurélio.

Ao entrar na adolescência, Sahor se confrontou entre o amor pelos pais e a crueldade com a qual eles agiam. Ela teve uma visão de quem de fato eles eram pela maneira vil e mesquinha com a qual tratavam Cleops. Começou a se questionar sobre o certo e o errado e o que seria de sua vida

Sahor não tinha a personalidade guerreira e forte de sua irmã. Ela não conseguia se desvencilhar de seus pais e mentalmente adoecia, tinha crises de ansiedade, pesadelos, enxaquecas, desmaios. Os pais ignoravam essa situação, mesmo dispondo de recursos, não levaram a princesa para um tratamento preventivo de suas crises.

A situação delas piorou, começou a se cortar, abria

cortes em seu corpo principalmente pelos braços e pernas, e os deixava sangrar. Os soberanos achavam que tudo aquilo era para chamar a atenção deles, então passaram a ignorar a filha. Ela ia de mal a pior, as crises de ansiedade se tornaram crises de pânico, a frequência aumentava. Haviam também os desmaios e as enxaquecas e foi aí que ela começou a desejar a própria morte.

Cleops que sempre foi a cuidadora oficial de Sahor, do nascimento até os doze anos, não estava mais por perto para cuidar da irmã. A negligência dos pais com o estado de saúde da princesa caçula, fez com que ela piorasse. Chegando a tentar suicídio por três vezes, sendo internada na última pela ainda frágil rainha Merys eentregue aos cuidados de curandeiros da mente.

Tais curandeiros trancaram Sahor e em sua prisão ela recebia ervas fortes que a colocavam em sono profundo. Permaneceu dormindo por dias, quando acordou se viu confinada em um quarto sem qualquer meio de comunicação com o mundo externo. No confinamento as crises de pânico pioraram a extensão e frequência. Uma equipe de curandeiros veio até ela para conversar no final da primeira semana, ver se ela já havia se auto regulado e deixado de frescuras. Porém, o que a princesinha tinha não eram frescuras, ela estava passando por uma profunda crise existencial. Ao final de tudo aquilo teria sua personalidade e opinião formadas sobre a família e a vida.

Após 15 dias internada, Sahor entendeu que ali não receberia ajuda. Passou a fingir que estava tudo bem, que não tinha mais pesadelos, que se arrependia de tudo que tinha feito. Dizia que sentia falta do castelo, que queria voltar para casa, precisava estudar, precisava ajeitar o cabelo e se recompor como princesa de Kemet.

A última parte do discurso de Sahor foi o suficiente para convencer os curandeiros que a acompanhavam, então permitiram que ela tivesse mais liberdade na casa de internação. Ela teve acesso aos jardins, à biblioteca, ao hall de entrada. Certo dia, na oportunidade correta, ela tomou a decisão mais corajosa de sua vida.

Ela conseguiu fugir dos curandeiros, que lhe davam ervas muito fortes, deixavam-na presa e não conseguiam ajudá-la. Ela pretendia se refugiar com Cleops por um tempo. O centro de internação ficava há alguns quilômetros das divisas do reino e ela teria que andar um dia e meio para chegar à casa de Cleops.

Nessas horas de caminhada, a princesinha que não conhecia seus súditos, teve a chance de conhecê-los. Todos que podiam a ajudavam com informações de como atravessar o reino e chegar à divisa. Sahor é claro não se apresentou como princesa, vestida em frangalhos como estava, e sem qualquer jóia ou adorno ninguém acreditaria. Mas ao pedir informações ela comunicava seu desejo de chegar até a casa da princesa Cleops.

Se assustou pelo fato dos súditos não estranharem seu desejo de visitar a princesa. Descobriu que sua irmã sempre que podia, usava seus dons de curandeira e sacerdotisa para aliviar as dores dos súditos, mesmo e principalmente aqueles que não podiam pagar. Sentiu uma sensação estranha em relação à irmã, era como se tudo que os pais diziam para rivalizá-las fosse verdade. Vozes na sua cabeça eram como o fantasma dos soberanos a dizer: Ela é mais corajosa, é mais inteligente, é mais bondosa, tem espírito de guerreira. Ela te abandonou no castelo. Você não é nem a sombra dela e nunca vai ser.

Lutando com essas vozes e cambaleando pelo caminho, ela caiu de uma pequena altura. Teve pequenos machucados por todo o corpo e enquanto o sangue fluía ela ia se acalmando e nesse estado se dirigiu para casa da irmã em busca de ajuda.

Cleops cuidava de seus cães, quando viu uma moça se aproximando de sua casa. Estava com as vestes sujas e rasgadas, descalça e com ferimentos pelo corpo. Quanto mais se aproximava, mais Cleops tinha a sensação de conhecer aquela moça.

Chegando ao portão da casa de Cleops, Sahor estava cansada, suja e era uma sombra da princesinha que vivia no palácio. Ela foi até a entrada e chamou por Cleops. A dona da casa correu até o portão e com susto viu a moça tirar os cabelos que cobriam seu rosto, viu que se trata de sua irmã, logo deu passagem para Sahor, que parecia ter saído de uma guerra. Sem perguntas abraçou a irmã e a acolheu

A levou para um banho, enquanto cuidava de Sahor, ia entoando cânticos para curar os ferimentos que a princesinha tinha pelo corpo. Após o banho, alimentou Sahor e a colocou para dormir no quarto de Ravi, que estava em treinamentos de sobrevivência nos domínios de Kemet.

Quando acordou, Sahor foi conversar com a irmã, já estava com o rostinho bem melhor. Explicou a Cleops tudo que havia passado após a saída de Cleops do palácio e também falou da internação contra sua vontade em um sanatório. Relatou os momentos de angústia que passou e que teve que se fingir de sonsa, boazinha e tranquila para conseguir fugir de lá. Disse que veio andando até a casa de Cleops, não contou das vozes em sua cabeça, contou apenas do imenso amor e admiração que o povo de Kemet tinha por ela.

Ao final, Sahor soluçava de tanto chorar e falou que não sabia o que faria de sua vida de agora em diante. Não sabia fazer outra coisa de sua vida além de ser princesa, até tentou estudar, mas formou-se professora e não gostava de dar aulas.

Cleops abraçou a irmã e também chorou, pois não tinha respostas para ela. Ficou mais uma vez indignada com os pais e com a crueldade deles para com a filha caçula. Disse a Sahor que ela poderia ficar pelo tempo que desejasse em sua casa, mas teria trabalho, muitos iam até ela em busca de ajuda.

Sahor passou alguns dias com Cleops, até que Merys ficou sabendo da fuga da filha e apareceu na casa de Cleops. Mostrando uma preocupação e um arrependimento de partir o coração, a rainha pediu que a filha voltasse para o castelo, disse que cuidaria dela pessoalmente e a ajudaria.

Sahor, que era muito jovem e frágil, se deixou enganar pela rainha e voltou para o palácio. Se despediu da irmã com carinho e disse que estava tudo bem, que ela iria se ajustar a mãe e seus tratamentos. E nunca mais seria internada em uma casa de reabilitação. Também confessou a Cleops que nunca se ajustaria a vida de camponesa, atendendo a tantas pessoas sem receber nada em troca. Finalizou dizendo que gostava dos luxos do castelo e que não entendia as escolhas da irmã.

Merys começou a cuidar de Sahor no palácio, com a arte das trevas, diferente de Cleops que dominava a arte da cura e proteção místicas.

Com o passar de alguns meses, a Rainha Merys conseguiu mais uma vez ludibriar Sahor e colocá-la contra Cleops. De uma forma mesquinha e maldosa, conseguiu culpar Cleops pelas crises e internações de Sahor e a princesinha se perdeu para sempre.

Ao atingir a maioridade, Sahor passou a agir com uma personalidade mentirosa e ardilosa tal qual as majestades dos quais provinha. Renegou sua irmã Cleops e suas escolhas, ficou inteiramente ao lado dos soberanos. Aquele tempo, Cleops havia juntando tesouros, acumulado conhecimentos de magia de cura e proteção suficientes para viver bem mesmo longe do castelo e renegada pela família. Havia conhecido um estrangeiro de nome Luke, se apaixonaram e ao passo de um ano se casaram.

A família de Luke trabalhava gerenciando os estoques de grãos de vários reinos, era um negócio bem próspero e importante. Ele era o administrador dos negócios da família. A maneira como se conheceram foi um tanto quanto inusitada. Em uma de suas viagens a trabalho Luke foi assaltado e surrado, os aldeões o encontram na beira da estrada quase morto e o levaram para os cuidados de Cleops. Chegou machucado, envolto em tiras ensanguentadas e foi colocado sobre a cama de Cleops. Ela passou várias luas cuidando do estrangeiro.

Ele demorou a acordar e mesmo em sono profundo, Cleops via gentileza e bondade no semblante daquele jovem rapaz. A princesa estava se deixando envolver pela beleza do rapaz. Passava horas a observá-lo, acordava de seus devaneios e se repreendia, lembrando das dores amorosas do passado. Certa manhã, o estrangeiro acordou, um pouco atordoado, viu uma linda mulher caminhando em sua direção, pensou que estava morto e finalmente conheceu a deusa. Em meio a alucinação ouviu a voz doce e melodiosa de Cleops, lhe perguntando se ele se lembrava do seu nome e do que lhe tinha acontecido?

Insistiu perguntando onde ele sentia dores. Então ele acordou do topo que estava e sentiu dores por todo o corpo, concluiu assim que estava vivo e se questionou quem seria aquela doce criatura que estava cuidando dele. Por mais incoerente que fosse, Luke agradeceu aos deuses pelo infortúnio na estrada, pois se não tivesse ocorrido, ele certamente nunca teria conhecido tão formosa curandeira. Levou alguns meses para se recuperar, estava muito acostumado à presença de Cleops e Ravi. No final estava mesmo enrolando para ir embora, queria ficar ali e fazer parte daquela família.

Ele se assustou quando soube por Ravi que Cleops não era uma simples curandeira, que era uma princesa, a primogênita do reino de Kemet. Aldeões da cidade lhe contaram um pouco mais da história de Cleops e da vilania de seus pais. A força, coragem e persistência da princesa só fizeram aumentar a imensa paixão que ele já sentia por ela.

Cleops também soube um pouco mais da história de Luke pela família do rapaz. Assim que ele se sentiu um pouco melhor pediu que mensageiros dessem notícias suas para família. Eles não tardaram em ir visitá-lo, agradeceram de todas as formas Cleops. Ofereceram pagamento em ouro que deixaram escondido com Ravi já que a princesa não havia aceitado. Ravi pôs o ouro junto às outras moedas da casa e assim sua mãe nunca saberia do pagamento, mas juntos poderiam se beneficiar dele.

A família de Luke era maravilhosa, Cleops se sentiu acolhida e amada por todos como nunca antes em sua vida, estava mesmo muito apaixonada por Luke. Pouco antes da partida de seu estrangeiro, Cleops caiu em febre e foi Luke quem a amparou e cuidou, Ravi estava novamente em treinamentos no palácio.

Cleops sentia frio e por mais que ele a cobrisse, ela continuava a tremer e sem saber o que fazer para aquecê-la, Luke deitou junto dela na cama, amanheceram juntos e abraçados. A princesa ao acordar ainda com um pouco de febre não mais resistiu a paixão que sentia, enlaçou Luke em um abraço apertado e pediu que ela a beijasse.

Os dias foram passando, Luke saia para trabalhar e voltava para cuidar de Cleops até que a presença dele começou a fazer parte da casa. Cleops o chamou para morar com ela, ele não resistiu e deste dia em diante não mais se separaram. Ele passou a viver com Cleops e juntos formavam um casal profundamente apaixonado e uma família feliz.

Ravi crescia, continuava a frequentar os treinamentos no reino de Kemet e lá recebia a influência maligna dos soberanos sobre ele. As imoralidades ensinadas pelos avós impactavam em sua personalidade. Ele criava intrigas, casos e confusões nos treinos e por onde passava, mentia e dava falsos testemunhos, fazia qualquer coisa para conseguir tudo o que quisesse.

Cleops se desesperava, ainda assim não conseguia ver a má influência de sua família sobre o filho. Luke via e num esforço para ajudar a amada, teve várias conversas com Ravi, que parecia entender e de fato por algum tempo melhorava.

Os avós, em seu desejo insano de terem uma descendência masculina e não vendo em Sahor a oportunidade de terem mais netos, intensificaram seus esforços em plantar ideias na mente de Ravi. Era só visitar os avós que ele voltava pior para casa de Cleops.

Os soberanos viam em Luke um obstáculo para domarem sua filha e conquistarem a lealdade do neto. Diziam a Ravi que Luke era um usurpador e não o amava, que sua mãe Cleops não o amava como antes, já que dividia o amor que antes era só dele com o marido. Diziam ao garoto que logo ele seria posto na rua, que as conversas e castigos impostos por seus pais não eram para o seu bem e sim eram humilhações, execrações e demonstrações públicas de desafeto.

Enquanto Ravi crescia, os soberanos o cercavam de todas as formas, se fingindo de bons, de amigos, de vítimas. Com o disfarce de avós amorosos, iam aos lugares que Ravi frequentava, insistiam em visitá-lo mesmo a contragosto de Cleops. Ravi entrara na difícil fase da adolescência, naquele ano faria onze anos.

O príncipe tinha certas fragilidades comportamentais, reforçadas pelos avós. As sacerdotisas amigas de Cleops chamadas por Luke e a princesa logo descobriram que a criança tinha um transtorno de personalidade e necessitava de uma educação bem concisa e firme.

Uma dessas sacerdotisas revelou aos pais que Ravi era uma criança índigo e trazia em si inconformidades geracionais. Explicou que as crianças índigos tratavam-se de uma nova geração de crianças, com habilidades especiais, que tinham por objetivo a reconstrução de uma "nova era" na Humanidade. Previu também dificuldades na relação de pais e filho, pois as crianças índigos costumam ser questionadoras, desobedientes, impulsivas e têm certa resistência às normas sociais e moralidade.

O casal mal digeriu essa informação e a sacerdotisa carinhosamente segurando a mão da princesa disse que ela também estava gerando uma outra criança em seu ventre. Cleops precisou se sentar para digerir tantas informações. Luke ficou radiante. A sacerdotisa previu que a princesa gerava uma menina, dessa vez uma criança cristal, e que isso seria bom para toda família.

Explicou que as crianças cristais carregam uma energia positiva que a transforma em uma pessoa única. Cristais têm o poder de moldar os pensamentos, as ações e os objetivos das outras pessoas, sempre com o propósito e a intenção de fazer o bem. O objetivo de vida de uma criança cristal é viver em harmonia com o ambiente no qual se desenvolve e consegue influenciar a sua volta para que façam o mesmo. Apenas uma criança cristal é capaz de entender e ajudar uma criança índigo e juntas elas têm a missão de mudar e pacificar o mundo. A princesinha traria luz, paz, amor e felicidade a todos. Ela junto de seu irmão Ravi tinham as características necessárias para governar e pacificar grandes reinos.

Cleops estava preocupada e com receio, pois em alguns meses nasceria uma nova criança e já nasceria com o peso de ser rainha predestinada a coroa e concorrente direta de Tutsy. Ravi não seria mais filho único e com o nascimento da irmã estava oficialmente fora da linha de sucessão real.

Conspirações e Injustiças

"A experiência é um troféu composto por todas as armas que nos feriram."

Marco Aurélio

Os reis de Kemet ao verem no nascimento de uma segunda filha de Cleops a oportunidade perfeita para se apossarem de Ravi, usaram com destreza esse momento. Aproveitaram que a filha estava exausta, cansada e que possuía poucas defesas, estimularam o ciúmes de Ravi pela bebê. Eles convenciam o garoto a renegar sua mãe. Tutsy e Merys em toda adversidade sofrida por Cleops viam uma chance de atacar. Não pensaram duas vezes e raptaram o garoto, convenceram os anciões da lei que Cleops maltratava o filho Ravi e esconderam a criança no palácio.

Utilizaram de toda sua maestria em manipulações e imoralidade para conseguir tirar Ravi de sua mãe. Cleops estava fragilizada com o nascimento de sua segunda filha, enfrentou uma gravidez de alto risco e um parto prematuro, tendo que ter intensos cuidados com o bebê.

Após três meses do nascimento de sua filha, Nephritis, Cleops conseguiu reunir um pequeno grupo de resgate, entrar no palácio, lutar contra ameaças que surgissem no caminho e trazer Ravi a força de volta para casa.

Os guardas do palácio não se opuseram às vontades da princesa e os mercenários estavam de folga no dia do resgate. Desde o dia do resgate até o contra-ataque dos soberanos foram seis meses.

Cleops percebia que seu filho estava diferente, lá no fundo, ainda conservava certo entendimento do que era certo e errado, mas a manipulação dos avós não era esquecida. Usando do período de descanso em casa pelo nascimento de Nephritis para dedicar-se quase exclusivamente aos filhos, ela colocou Ravi em diversas atividades e campeonatos.

Ele floresceu, fez amigos, melhorou sua empatia, amava e respeitava os pais e irmãzinha, entretanto a rainha Merys, sempre que podia, vinha envolta no véu da noite e em feitiços aparecia para Ravi. Não poupava esforços para convencê-lo a retornar ao castelo, oferecia riquezas, uma vida sem responsabilidades, sem precisar ir aos curandeiros e aos mestres de estudos. Prometia um cotidiano só de prazeres, sem horários para dormir e acordar com os passeios e banquetes preferidos da criança.

Os imorais soberanos colocavam à disposição de Ravi tudo que o dinheiro e a imoralidade poderiam comprar. Ofertavam até mesmo a herança de Cleops, Sahor e Nephritis, o trono do reino, após a morte de Tutsy, é claro.

Merys estava cada vez mais envolvida com a arte das trevas e se esforçava para persuadir Ravi a voltar para o palácio, ao mesmo tempo, implorava a Cleops que a deixasse visitar o neto. A rainha devia saber que quando se usa magia negra para conduzir as vontades alheias, essa magia se volta contra quem a usa. Pareceu não se importar com essa lei do retorno e já doente, assinou sua sentença de morte, ao mentir para a filha e o neto.

Cleops que era nobre de espírito e gostava da mãe, preocupou-se com o estado de saúde da rainha e quis dar uma última chance, permitiu que Ravi passasse algum tempo com ela. Merys, para convencer Cleops, dizia estar em estado terminal e muito próxima da morte e prometia não fazer nada para prejudicar a filha. Ela não sabia que sua mãe havia se rendido à arte das trevas e estava pagando o preço com a própria vida.

Cleops, ingenuamente, deixou seu filho passar algum tempo com Merys, não sabia das visitas escondidas durante os sonhos do garoto. Quando a princesa percebeu, já era muito tarde para salvar seu amado Ravi, ele mesmo fugiu e se refugiou no palácio de Tutsy.

Além de fugir para o palácio, Ravi mentiu aos anciãos da lei, estimulado pelos avós, dizendo que Cleops e Luke não o desejavam como filho, o maltratavam, espancavam entre outras acusações graves. Esse tipo de crime, se comprovado, poderia facilmente tirar Cleops da linha de sucessão real pelas leis de Kemet. Ravi estava sendo um instrumento utilizado pelos avós para a perpetuação de Tutsy no trono, mesmo após a morte de Merys, que se aproximava.

Cleops juntou provas e testemunhos de seu amor e empenho por Ravi e as apresentou aos juízes anciãos. Estes demoraram muito para se pronunciar e Ravi não queria mais, por vontade própria, voltar para a casa de Cleops.

A rainha Merys ia se decompondo aos poucos, o tirano Tutsy estava cada dia mais forte, cruel e insano. A princesa Sahor, pouco mais velha que Ravi, se apagava e se distanciava da realidade. Sem alternativas do que fazer, a não ser esperar a decisão dos juízes anciões, Cleops seguia sua vida junto a Luke. Ambos criavam Nephitis com muito amor e carinho e a mantinham longe das garras dos soberanos.

Espalharam cães sagrados em volta de sua casa e outras barreiras de proteção espiritual para impedirem a entrada de espectros ruins envoltos no véu da noite em seu território. Após a partida de Ravi, eles haviam sido alertados por servos do palácio de Tutsy sobre as inclinações de Merys à magia negra.

Cleops conservava em seu coração a esperança de que os juízes anciões fossem justos e definissem o destino de Ravi, mas eles postergavam essa decisão e Ravi consolidava o desejo de viver no palácio com os avós. O povo pedia que Cleops se debelasse de vez e depusesse os pais perversos, a irmã louca e o arrogante filho Ravi, que graças aos mimos exagerados dos avós, se sentia como um Deus encarnado. Cleops por sua vez tentava se reestruturar mental e fisicamente para decidir qual seria o rumo de sua história, do reino e seus súditos.

Cleops vivia bem na casa de Luke, nada lhe faltava, ela seguia trabalhando como sacerdotisa, estudando, sendo boa mãe e as proteções erguidas em torno de seu lar, a salvaguarda de seus ancestrais.

Os soberanos queriam o poder absoluto sobre o reino de Kemet e também desejavam se apossar dos maiores tesouros da filha: o príncipe Ravi e a jovem e inocente princesinha Nephritis. A bebê era a segunda na linha de sucessão real após sua mãe, os avós planejavam a morte de Luke e formas de se apossar da neta.

Cleops precisou se desdobrar em contra feitiços de proteção para salvar Luke e proteger Nephritis, tudo isso estando dilacerada pela distância de Ravi, perversidade dos pais e loucura de Sahor. A princesa se sentia soterrada de emoções conflitantes, não conseguia acreditar nos eventos kafkianos que vivenciava com seus familiares. Agora com a visita de representantes de seu povo, pedindo que ela tomasse o poder, estava sem reação e preocupada com sua família e reino.

Ela precisava decidir se começaria uma revolução contra Tutsy ou se manteria asilada no reino de Luke com Nephritis a espera de uma resposta dos juízes anciãos sobre Ravi.

Conversou com Luke e juntos resolveram que nesse momento o melhor a se fazer era procurar o conselho dos reis magos. Os problemas e angústias que atingiam Cleops eram demasiados conflitantes e de difícil solução.

Viajou por três dias e três noites para chegar ao conselho dos reis magos do oriente, onde lhe foi dada passagem nos portais sem grande dificuldade, porém Luke não pode entrar. Assim que entrou no terreno sagrado do conselho foi recebida por uma linda dama chamada Camily que a cumprimentou e chamou pelo nome. Ela ficou se perguntando de onde aquela dama a conhecia. Seria ela uma súdita de Kemet exilada no conselho dos reis magos?

    Ao chegar diante dos reis magos, Cleops não conseguia se expressar com muita coerência e, pela primeira vez em tanto tempo, desabou. Se desesperou, chorou feito uma criança e mostrou toda sua fragilidade, humildade e tristeza com a situação que vivia, separada de seu amado filho. Enquanto viveu no palácio, Cleops aprendeu a nunca demonstrar fragilidade, mas ela era humana e não conseguia fingir indiferença aos acontecimentos que a afligiam.

    Os reis magos ouviram em silêncio e pediram que ela tivesse paciência e moderação. Convidaram a princesa a passar alguns dias com eles para que nesses dias pudesse desabafar todas suas angústias e começar a traçar um plano de ação.

    Nos dias que se passaram, os reis magos propuseram a Cleops várias reflexões, para que ela pudesse conhecer a si mesma, suas motivações e jeito de ser. Também sugeriram que pensasse quais as virtudes de cada integrante da sua família e em qual momento eles se tornaram pessoas tão cruéis.

    Ela pensou, pensou e escreveu em um pergaminho que o filho Ravi era corajoso, amoroso e competente.

Descreveu que o padrasto Tutsy costumava ser honesto com os recursos públicos. Que a mãe Merys sempre foi caridosa com os desprezados. Pausou um pouco a escrita e relatou que a irmã Sahor era uma criança ainda, poucos anos mais velha que Ravi, e que costumava ser justa e ainda preservava boa parte de sua moralidade.

Nesta época, Ravi já contava com onze anos de idade e Sahor estava com dezenove anos. Cleops já havia completado vinte e oito anos e a rainha Marys contrariando todas as expectativas ainda vivia, sete anos após o início de sua grave doença.

No final, a princesa chegou à conclusão de que todos os membros de sua família se tornaram perversos à medida que passaram a não aceitar nenhum tipo de frustração. Para os membros da família real, a própria vontade deveria ser prontamente atendida, da forma e do jeito que desejassem, não se importando com os meios para conseguir o que desejassem.

No dia seguinte, os reis magos pediram que ela escrevesse sobre suas próprias virtudes e o que ela faria para com o passar do tempo não as perder assim como seus familiares. Novamente ela pensou e escreveu: Que era corajosa, bondosa, inteligente, empática e moral.

Refletiu mais um pouco e concluiu que se fosse coroada rainha precisaria se vigiar e aprimorar enquanto ser humano para que as adversidades da vida não a tornassem uma pessoa cruel. Refletir constantemente para que a função de líder não a deixasse caprichosa.

Com o intuito de ser uma grande rainha, se comprometeu internamente e com o conselho dos reis magos a ponderar sobre suas próprias ações. A manter sua essência de moralidade e benevolência e contar sempre com o apoio e os bons conselhos de pessoas honestas e experientes. Prometeu reconhecer e retribuir a bondade das pessoas, tendo gratidão, reparando os erros dos pais o máximo que pudesse e agindo com justiça.

O conselho dos reis magos, que era uma espécie de Tribunal Internacional de Direitos Humanos e Paz, perguntou à princesa o que ela faria em relação à família real, sua família, caso fosse coroada rainha. A princesa não teve respostas a esta pergunta e ficou mais alguns dias no conselho, refletindo sobre como deveria agir. O momento de destituir a cruel família real e decidir o destino de Sahor e seu amado filho Ravi se aproximava, a princesa teria um grande dilema moral a frente, caso conseguisse ascender ao trono.

Com a Proteção das Deusas

*"A primeira regra é manter o espírito tranquilo.
A segunda é enfrentar as coisas de frente
e tomá-las pelo que realmente são"*

Marco Aurélio

    Enquanto isso no reino de Tutsy haviam várias coisas fora do lugar, a população clamava por Cleops como soberana e pressionava o conselho dos anciões pela destituição de Tutsy. Naquele reino ancestral africano, o poder era matriarcal, provinha da rainha e não do rei, e a rainha Merys encontrava-se muito doente, de cama, vivendo os seus últimos dias.
    Neste período, Ravi sofria com a iminente morte da avó, e tornava-se um rapaz muito amargurado e pensativo. Sahor só sabia chorar e alternava crises de choro e

alucinação, ficando boa parte do tempo fora da realidade.

Tutsy era rejeitado pelos súditos e anciões, tentava a todo custo alinhavar uma sucessão do trono em nome de Ravi. A mente de Tutsy não funcionava de acordo com a realidade daquele reino, funcionava de maneira machista e mesquinha, ele acreditava que homens eram melhores do que mulheres. Nessa linha de pensamento, ele sequer cogitava coroar Sahor que apesar de estar diretamente na linha de sucessão, não tinha condições psicológicas de reinar. Para Tutsy, Cleops não era sequer uma opção, ele preferia morrer a se submeter a uma rainha, ou coroar alguma de suas filhas.

Toda família real se ressentia de Cleops por ela ter se exilado em terras estrangeiras. Em uma camada mais profunda, podia-se entender que todo esse ressentimento era por ela ser diferente. Cleops era uma pessoa melhor que não conseguia conviver com a família e seus vícios de caráter e comportamento como bem oralizado por Miríades, avó paterna responsável pela criação de Cleops, em algumas reuniões do conselho ancião. Ao ser exilada e nunca mais voltar ao palácio, Cleops se posicionou contrária às atitudes da família real e expôs os vícios e falhas daquela monarquia para todo o mundo.

Com a saída da princesa do palácio real, seus pais tentavam excluí-la da linha de sucessão. Para isso, precisam de uma condenação de Cleops por abandono e maus tratos a um de seus descendentes ou traição à nação. Estavam empenhados em forjar tais crimes e condenações para exclusão total de Cleops do sistema monárquico.

Os súditos e os anciões observavam Tutsy e as manobras que faziam para tentar incriminar e condenar Cleops. Para surpresa de todos, eles foram vitoriosos em uma de suas acusações. Foi acusada pela família real de ser relapsa na criação dos filhos, porém foi julgada no conselho como apta para criação de seus filhos. O conselho tomou essa decisão principalmente após ouvirem os testemunhos de Miríades e duas lindas camponesas com um brilho dourado no olhar, que não tiveram medo de ir contra Tutsy.

Tutsy continuava a resistir da mesma forma que um demônio resiste ao exorcismo. Com violência e crueldade, destruindo tudo e todos que podia, só não executou as testemunhas porque não as encontrou após o julgamento.

O povo impôs uma condição aos soberanos com o intuito de trazer Cleops para o seu lugar de rainha. Propuseram apenas tolerar Ravi no trono como príncipe herdeiro, se ele estivesse sob o comando direto e responsabilidade de Cleops. Alguns aldeões de olhos dourados plantaram essa ideia junto a população e a ideia foi abraçada com naturalidade por todos.

Os anciões da lei estavam divididos, alguns comprados, outros assustados, então eles fizeram aquilo que faziam melhor. Procrastinaram e não decidiram o futuro do jovem príncipe, se a guarda seria dos avós ou da mãe. Sem uma decisão legal, Ravi permanecia no palácio sem contato com sua mãe.

Com a morte de Merys, em janeiro daquele ano, logo após uma pequena comoção pela rainha que um dia foi inocente, estourou uma grande rebelião contra Tutsy, considerado o rei usurpador do trono. Ele reagia com violência contra o povo.

Cleops encontrava-se em imersão espiritual em terras estrangeiras. Em uma clara tentativa de se manter no poder e dissipar as rebeliões pelo reino, Tutsy resolveu casar Sahor com um de seus aliados para sucessão do trono. Assim ela seria proclamada rainha, mas estaria submissa ao marido, Fernando, aliado de Tutsy.

O conselho de anciões contrariando os desejos daquele povo, aceitou tal estratégia de coroar Sahor após o casamento. O intuito era apaziguar os ânimos, contudo a situação do reino diante a seus súditos se agravava.

A revolução ganhava forças, cada vez mais aldeões de olhos dourados tinham ideias ousadas para desafiar o usurpador. Havia pressões até mesmo de reinos vizinhos que estavam de olho, querendo se apossar das riquezas e prosperidade de Kemet. Enquanto isso, Cleops terminava sua jornada junto aos reis magos, se fortalecendo como a escolhida.

Após várias semanas de proposições, reflexões e pequenos testes, a chamaram em sua sala para lhe aconselharem. Os reis magos sentaram-se em uma linda mesa oval. Disseram à Cleops que outras personalidades, de grande poder transcendental, haviam participado de toda sua jornada e tinha uma mensagem muito importante para lhe passar. Os reis magos caíram em um sono profundo e a sala foi tomada por uma aura de força e poder.

Nesse momento, a criada Camily, que havia recebido Cleops e a alojado em sua chegada ao conselho dos reis magos, adentrou o recinto. Estava vestida de forma esplendorosa, com um belo sorriso na face e ricos adornos de ouro maciço, se apresentou calmamente como Ísis. Cleops não conseguia acreditar que estava diante da poderosa Ísis, deusa mãe da criação, a divindade mais cultuada de Kemet.

Cleops se assustou, acreditava que os deuses raramente participavam das decisões ou se compadeciam das aflições humanas. Pelo menos era isso que ela havia aprendido em seu tempo como sacerdotisa no templo da deusa Diana.

Isis então disse:

— Minha querida, você além do direito de sangue, tem todas as qualidades para soberana do reino Kemet, você consegue enxergar as qualidades até mesmo de seus perseguidores. Você também tem o dom de enxergar com clareza os vícios das pessoas e acolher aos mais necessitados. O fato de você ter sofrido muito, fez de você uma pessoa ainda melhor, portadora da luz, digna de ser mãe de crianças especiais. Foi escolhida para ser senhora de uma linhagem poderosa e próspera, gerou e criou crianças especiais enviadas à terra diretamente pelos deuses para uma evolução da humanidade.

Cleops não conseguia digerir tantas informações, estava em um estado de torpor e surpresa, mas sentia-se forte, segura e plena.

Ísis continuou:

— Eu sou uma deusa que muitas vezes me disfarcei de pessoas comuns e viajantes. Mais de uma vez estive contigo, como enferma, como criada e como a sacerdotisa que revelou sua gravidez. Nesse meio tempo, estive entre os súditos de Kemet e os ajudei em sua rebelião contra o sistema. Disse por fim:

— Cleops você possui as sete virtudes essenciais a uma rainha: amor, empatia, benevolência, justiça, patriotismo, crença nas divindades e honestidade, por esse motivo o povo e os deuses lutarão ao seu lado. Em breve será a soberana de Kemet, responsável por inaugurar um novo tempo de paz e prosperidade.

Dito isso Isis desapareceu. Em seu lugar surgiu uma outra linda mulher com vestes de caçadora e cercada por seus cães. A surpresa de Cleops não poderia ser maior, aquela linda mulher que se comunicava diretamente com ela, não era outra senão a caçadora, a Deusa a quem servia como sacerdotisa.

Diana, deusa da caça e protetora das mulheres guerreiras, se dirigiu a Cleops com sua voz carregada de autoridade e força. Decretou que lutaria ao seu lado contra as tramas e injustiças impostas à princesa. Prometeu estar ao lado de Cleops na hora do confronto final, equalizando as forças do bem contra o mal!

Entregou uma das flechas que estava em sua aljava a princesa e a advertiu que a flecha deveria ser usada com justiça, precisaria carregá-la sempre consigo como um amuleto de proteção. A flecha será de grande valia em um momento crucial de seu reinado. Junto com a entrega do presente, Diana ainda disse:

— Por mais difícil e injusto que sejam as provações pelas quais você passa desde o seu nascimento, você não deve fraquejar na hora de fazer justiça contra sua família. Não fuja de sua responsabilidade como rainha, seja benevolente, mas não exagere na piedade com aqueles que não merecem. Seja impiedosa com Tutsy e Merys, somente assim você herdará o reino e poderá proteger seu povo e sua descendência.

Antes de sair do recinto a imponente Deusa ordenou a Cleops que voltasse ao seu reino, saísse do exílio e tomasse o seu lugar. Predestinou que ao chegar a sua terra natal, ela seria abraçada com todo o apoio de que necessitasse. Deveria partir imediatamente, já chegara a hora de derrotar Tutsy e cumprir o seu destino como rainha soberana de Kemet.

Cleops se sentiu muito feliz e digna, privilegiada por ter sido apoiada por duas grandes divindades femininas, Ísis e Diana. Com o apoio das Deusas ela acreditava que podia mover o mundo e dissipar todos os conflitos em sua vida e no reino de Kemet.

Despediu-se, emocionada, dos reis magos que acordaram de seu desmaio após a saída das deusas. Encontrou-se com Luke e contou tudo a ele, soube por ele da morte de sua mãe, chorou por algum tempo, mas tinha uma ordem a cumprir e um filho a resgatar.

Vestiu-se como a princesa guerreira que era. Com lindos adornos dourados de ouro puro e a flecha a tiracolo como se fosse apenas mais um rico acessório. Cabelos presos, maquiagem forte tal qual a sua personalidade. Luke decidiu acompanhá-la em seu regresso à terra natal, deixaram Nephritis aos cuidados de sua madrinha Isola, protegida pelas guerreiras e paredes do templo da deusa Diana, uma fortificação que nunca foi penetrada por nenhum inimigo e juntos partiram em direção ao reino.

Chegando a Kemet, Cleops e Luke foram imediatamente capturados pelos mercenários de Tutsy e levados à prisão do castelo. Tutsy fez questão de visitá-los e dizer com prazer que no outro dia pela manhã Luke seria sacrificado em praça pública e esse era só o início do que planejava para castigar a princesa.

Cleops, naquela cela escura e separada por grades de seu marido, se desesperou. Na situação que se encontrava, sozinha, injustiçada e abandonada não via solução. Novamente estavam tirando dela o que lhe pertencia e lhe dava plenitude, estavam matando o seu amor. Já haviam lhe tirado o filho, agora matariam o marido, e não parariam por aí. A princesa sentiu-se pequena, frágil e indefesa diante daquela situação, rezou a deusas em busca de uma saída e forças para cumprir sua missão.

Pediu, com fé, um milagre que salvasse a vida de Luke e devolvesse a ela o seu filho Ravi. Esses eram os seus maiores desejos, a coroa não era um desejo seu, era mais uma missão, uma responsabilidade para com os súditos do reino.

No palácio as notícias correram e chegaram até Ravi. O jovem príncipe era muito mimado por Tutsy, estava há meses no castelo e sem contato materno, havia se acostumado à vida de luxos no palácio, contudo sua lealdade pertencia a sua mãe.

Foi Cleops quem o criou e o ensinou sobre as sete virtudes. Ela forjou a personalidade do jovem príncipe e conseguiu salvaguardar a bondade do filho. Dentre as virtudes, as que mais ensinava a Ravi eram: amor, empatia, benevolência e, sobretudo, a justiça. Uma situação tão brutal e injusta como a que Tutsy impunha à princesa era moralmente inaceitável até mesmo para o mimado pequeno príncipe.

Naquela noite, ele não conseguiu dormir e decidiu que deveria tomar uma atitude em favor de sua mãe e padrasto. Então pôs seu plano em ação, Ravi era um estrategista nato, furtivamente foi até a cozinha do castelo e preparou um chá sonífero, que colocou na bebida dos guardas, com isso se apossou das chaves da prisão e foi até o calabouço.

Abriu a cela de sua mãe, que emocionada e com saudades o abraçou chorando. Lembrou-se dele partindo para o castelo sem nem mesmo olhar para trás, sem se despedir, sem querer voltar a viver ao lado dela e ficou na dúvida de porque o filho viera até ela na prisão. Também abriu a cela de Luke, libertando-o apressadamente antes que algum guarda notasse a arriscada manobra do príncipe. Após libertar mãe e padrasto, ele seguiu na frente e mostrou aos dois uma saída subterrânea do castelo, saída que somente ele conhecia.

Quando mais novo, Ravi era uma criança muito curiosa e desde jovem vivia se perdendo na fortaleza, então se alguém um dia seria capaz de mapear as passagens secretas esquecidas do castelo esse alguém seria ele.

Para surpresa de todos, ao chegar aos muros externos da fortaleza ele, em vez de retornar, resolveu partir junto de sua mãe para uma vida de incertezas, deixando para trás o conforto do castelo, os mimos e promessas exageradas de Tutsy.

Na manhã seguinte, o usurpador Tutsy ao perceber a deserção de Ravi e fuga de Cleops e Luke, resolveu acelerar seus planos de sucessão, e marcou o casamento arranjado de Sahor para dali a dois dias. Também ordenou que os mercenários perseguissem os fugitivos e os trouxessem vivos ou mortos à sua presença.

Fora dos muros do castelo, Cleops, Luke e Ravi foram logo reconhecidos e aclamados pelo povo do reino Kemet, que já estava revoltoso contra o reinado cruel e usurpador de Tutsy. O povo de Kemet até então tão pacato, já estava se organizando em células para contra-atacar e derrubar aquela monarquia.

A revolta do povo se dava sobretudo pelo fato de Tutsy vender cidadãos de Kemet como escravos para outras tribos. Cleops também se revoltou ao saber que cidadãos livres estavam sendo vendidos como escravos por aquele rei maldito. Ele havia encontrado uma nova maneira de lucrar e assim continuar a viver no luxo e a manter seu exército de mercenários.

Reuniram-se na floresta longe dos olhos dos espiões e mercenários de Tutsy, e organizaram uma grande rebelião para tomarem o castelo no dia do casamento de Sahor. Tiveram a ajuda valiosa de Ravi, que esperto e curioso como era, conhecia todas as entradas e saídas públicas e secretas do castelo. Súditos leais a Cleops, que serviam no castelo também, se ofereceram para ajudar na rebelião e ofereciam valiosas informações e detalhes sobre o casamento.

Sob a liderança da princesa Cleops, planejaram tomar o castelo sem derramar sangue. O plano consistia em entrarem em grupos na fortaleza: um grande grupo iria para o casamento de Sahor, aberto a toda população, enquanto um grupo menor entraria nas passagens secretas do castelo e imobilizaria os mercenários de Tutsy. Teriam a seu favor o elemento surpresa, pois atacariam no momento que o inimigo não estivesse preparado para o contra-ataque. Cleops e Ravi apareceriam durante a cerimônia do casamento de Sahor, como convidados, se mostrariam a todos no momento certo. Impediriam aquela união forjada, fariam com que o bispo presente para realizar o casamento coroasse Cleops como nova regente. Forçariam os anciões a reconhecerem à soberana de acordo com as leis de Kemet.

Plano repassado, era o momento de ação. Todos estavam a postos em seus lugares. Luke comandaria a entrada pelos caminhos subterrâneos e secretos do castelo para captura dos mercenários de Tutsy, grupos de camponeses já estavam no templo onde seria realizado o casamento de Sahor. Cleops e Ravi se preparavam com vestes de luxo para entrarem como convidados no casamento.

Casamento dos Sonhos

"O que fazemos agora ecoa pela eternidade."

Marco Aurélio

    Sahor, nesse meio tempo, estava sendo preparada pelas damas para o seu casamento. Ela tinha momentos de lucidez e reclamava, quebrava tudo, chamava por Merys, Cleops e Ravi, alternava com momentos de total torpeza. Então ficava muito quieta, sendo rapidamente vestida e preparada pelas damas com um maravilhoso e requintado vestido e adornos de cabeça.

    O casamento estava marcado para às cinco horas da tarde do dia quinze de fevereiro. O templo principal do palácio foi preparado com excesso de requintes e luxo. Às quatro e meia da tarde tudo estava pronto, o noivo, general Fernando, aguardava junto de Tutsy, a noiva no altar.

Fernando era jovem e bem-apessoado e Cleops após algumas conversas e atualizações por fofocas das damas do palácio, tinha suas suspeitas de que Sahor talvez desejasse de bom grado esse casamento.

As cinco em ponto os músicos reais começaram a tocar a marcha nupcial da noiva. Nesse momento, em outro canto do castelo, Luke e os cidadãos do reino já haviam lutado, desarmado e prendido os mercenários de Tutsy nas masmorras. Restavam apenas os militares de carreira de Kemet que estavam espalhados pelo templo. Eles tinham um dever sagrado para com a nação e não a favor de um soberano.

Cleops e os demais acreditavam que estes militares não agiriam com violência e injustiça em relação a herdeiros legítimos do trono. O próprio general Fernando, apesar de Tutsy acreditar que lhe era leal, na verdade, tinha um bom senso de justiça e lealdade à nação.

Instantes antes do casamento, Cleops conseguiu, junto de seu filho Ravi, interceptar o comboio de Sahor a caminho do templo, renderam e substituíram os seguranças e motoristas da biga, espécie de carroça, e entraram.

Sahor, ao os ver, se mostrou feliz e depois escandalosa, chorosa para no final ficar sem reação. Explicaram rapidamente a ela que estavam ali para tomar a coroa e que caso fosse do desejo dela e do noivo o casamento poderia ser realizado no futuro. Ela então disse que jamais desejou ser a soberana de Kemet, porém acreditava que Fernando seria um bom rei, melhor e mais justo que Tutsy. Disse que já havia se acostumado com a ausência de Cleops, e por esse motivo, não mais a apoiava como soberana, mas assistiria o desenrolar de todos os acontecimentos sem se envolver objetivamente.

A Cleops pareceu por um instante que Sahor mostrava uma lucidez, arrogância e sensatez dignas de pessoas que pensavam apenas em si próprias e em sua autopreservação. Chegou a passar pela sua cabeça se ela não se passava por louca e frágil para manipular as pessoas, se manter a salvo e conseguir tudo o que queria tal qual sua mãe Merys. Ela tinha pouco tempo para conversar com Sahor, pois o momento exigia ação, mas perguntou a sua irmã, o que tinha acontecido a ela para se tornar uma pessoa tão fria e amarga. Perguntou se ela sabia que Tutsy estava vendendo súditos como escravos para se manter rei.

Sahor respondeu displicentemente que era assim, sua natureza era essa, distinta da de Cleops. Afinal de contas ela havia sido gerada por Merys, quando esta já estava envolvida nas artes das trevas e isto lhe custou um pouco de sua humanidade. O fato de ela sim, ser filha legítima de Tutsy diferente de Cleops, que era bastarda de pai desconhecido, fazia dela uma pessoa marcada, tinha pai e carregava uma ancestralidade diferente da irmã.

Nasceu assim, cresceu assim e assim seria até o fim. Não havia nada que Cleops pudesse fazer para mudar isso e caberia a ela aceitar a irmãzinha que tinha, isso se fosse capaz, pois não tinha sido capaz nem mesmo de aceitar a própria mãe. E Sahor continuou dizendo entre lágrimas a Cleops, que ela se achava tão boa e maravilhosa, mas não veio nem ao enterro da própria mãe, que se fosse coroada soberana imagine o que não faria com essa irmã defeituosa.

Cleops sofreu, chorou e sentiu pela alma de sua irmã. Já havia superado a morte de Merys, mas o fato de descobrir que Tutsy não era seu pai não lhe causou dor alguma, na verdade, aquilo foi libertador, pois soube que não carregava em suas veias o mesmo sangue daquele monstro. Sentiu-se um pouco triste por descobrir que Miríades não era de fato sua avó, mas foi ela quem a criou e forjou sua personalidade e nada mudaria isso ou tiraria o lugar de destaque que a avó tinha em seu coração.

Ravi abraçou Cleops, preocupado, pois ele sabia do potencial venenoso que as palavras inocentes da tia carregavam e que ela queria enfraquecer sua mãe. Ele não permitiria, então fez o que queria há tempos, amordaçou Sahor para que ficasse em silêncio o restante do percurso. Ao chegarem ao templo, a conduziu para junto de damas fiéis a Cleops, para que tomasse conta dela durante a coroação.

No percurso pelas ruas de Kemet, Cleops pode ver a tristeza e o empobrecimento de seu povo. Isso contrastava com o excesso de requinte que se via de longe no templo, de certa forma, isso a revitalizou e ela se lembrou de sua missão e o que deveria ser feito.

A biga parou e Cleops desceu, vestida de noiva, com véus que cobriam sua face. Ravi aguardou na lateral do templo e dentro dele todos os escudeiros estavam a postos.

Ela entrou com o vestido de noiva de Sahor no templo, se escondendo aos olhos da multidão, caminhou lentamente ao som da marcha nupcial. Entre as flores, escondia sua adaga. Pouco antes de chegar ao altar, fez um pequeno sinal e, ao final dele, Fernando já havia sido neutralizado. Cleops chegou bem próxima a Tutsy, que, embriagado e arrogante, não havia percebido o início de sua decadência. Então, ela se mostrou e avançou sobre ele.

Segurou a adaga em seu pescoço, fez uma leve pressão só para ver se ele realmente sangrava, se era humano de fato, e ordenou ao bispo presente para o casamento que fizesse sua cerimônia de coroação. Vendo o espanto e uma certa hesitação do bispo, a multidão gritava para que ele se apressasse, pois, quem ordenava era Cleops, a legítima soberana do reino.

Houve uma onda de hesitação, seguida de aplausos entre os convidados e senadores. Os anciãos das leis reagiram de maneira negativa. Os militares presentes pediram uma reunião e Cleops designou Luke como seu representante para essa reunião que ocorreria mais tarde, já os escudeiros da rainha renderam os poucos guardas leais a Tutsy presentes no templo.

Entregou Tutsy a Luke. Tirou de vez todos os véus e adornos da cabeça, já que usar véus nunca foi um costume africano, mas sim uma imposição de outra cultura que cada dia mais se impunha sobre a cultura africana.

Ao tirar os véus e adornos, Cleops deixou à mostra o esplendoroso vestido de noiva de Sahor que curiosamente tornara-se a sua vestimenta de coroação. Como era mais corpulenta que a irmã, o vestido ficou bem ajustado em seu corpo, mostrando toda vitalidade e beleza da rainha.

O bispo rapidamente fez os preparativos para coroação, só faltava à coroa.

Ravi entrou no templo, cumprimentou o avô Tutsy com uma picadela e derrubou a coroa de sua cabeça, a entregando ao bispo para que sua mãe fosse coroada. Tutsy reagiu violentamente, começou a rogar pragas e a dizer que estava sendo injustiçado e traído. Cleops mandou que o amordaçassem, porém, o mantivessem no templo para assistir à coroação.

Às 18:00 horas, foi coroada soberana de Kemet, e junto com o alvorecer daquela noite, alvorecia uma grande rainha, senhora de uma linhagem sem igual.

Durante a coroação houveram muitas comemorações entre os cidadãos de Kemet. O primeiro ato da rainha, ordenado ainda de dentro do templo, foi abolir a escravização de seu povo. Ela jurou fazer tudo que estivesse ao seu alcance para localizar e resgatar as pessoas que foram traficadas durante o reinado de Tutsy.

Após a cerimônia de coroação, foi realizada a reunião com os militares, senadores, anciões da lei e representantes do povo de Kemet. Juntas, as autoridades daquele reino se organizaram em uma assembleia e validaram o nome de Cleops como soberana, cartas foram enviadas aos demais reinados avisando da sucessão ocorrida em Kemet.

Cleops enviou uma carta escrita à mão aos reis magos do oriente agradecendo a estadia e todos os conselhos dados, pedindo também a validação daquele conselho que detinha muita autoridade sobre o continente.

Em seu interior agradeceu as poderosas divindades femininas que a ajudaram, Ísis e Diana. Se deusas não tivessem lutado ao seu lado, ela certamente desmoronaria diante de tantas injustiças que viveu.

Ainda restava uma dúvida a Cleops, sobre o que fazer com a flecha de Diana. Imaginou que precisaria usá-la para forçar sua coroação, mas a coroação ocorreu de maneira tranquila. A flecha tinha um porquê de ter sido entregue a ela e certamente teria utilidade em breve.

A justiça ainda precisava ser feita e reinstaurada em Kemet e para isso muitas pessoas seriam julgadas. Entristecia a Cleops o fato de ela ter que julgar seus próprios familiares e, dentre eles, o seu amado filho Ravi que foi crucial para sua coroação. No final das contas, todo o conflito em torno da posse da criança serviu para fortalecer e preparar Cleops para assumir o trono.

No dia marcado para o início do julgamento de Tutsy, Merys, Sahor, Ravi e anciões da lei corruptos que validaram diversas injustiças de Tutsy, entre elas a retirada arbitrária de Ravi de sua mãe, houve uma grande chuva. Parecia que até mesmo o céu chorava aliviado com fim de uma era de maldições. O reino inteiro veio assistir ao julgamento que pela tradição, e por serem casos de traição a nação, deveria ser presidido pela nova majestade em pessoa, rainha Cleops.

Ela iniciou o julgamento dizendo que por mais difícil e dura que fosse a situação e as penalidades que seriam aplicadas, às pessoas ali presentes fizeram escolhas ao longo de sua vida e deveriam arcar com as consequências.

Haveria um julgamento justo e o destino de cada uma delas seria decidido daquele momento em diante.

Decidiu primeiro ouvir e ouviu cuidadosamente cada um dos acusados. Ela começou por onde lhe doía na carne, escutou primeiro a Ravi. O jovem príncipe disse ter sido ludibriado pelos avós e tia para se voltar contra a mãe. Confessou ter prestado falso testemunho aos anciãos, por mais de uma vez, e se justificou dizendo que havia ficado muito confuso e magoado, principalmente após o nascimento da irmã. Ravi pediu que suas penalidades fossem atenuadas, pelos valiosos serviços na defesa de sua mãe e ajuda para coroação, finalizou dizendo que era muito jovem e merecia uma nova chance.

A segunda acusada de traição e envolvimento com magia negra e tráfico de pessoas. Foram apresentadas provas incontestáveis das atitudes de Sahor. As acusações que pesavam sobre a irmã eram graves e junto com as acusações foram entregues a Cleops um dossiê que comprovaria a atuação direta de Sahor em alguns dos crimes. Exceto tráfico de pessoas para escravidão, esse crime ela não atuou diretamente, contudo pelas provas apresentadas ela não fez nada para impedir, dando a impressão de não se importar.

Cleops ouviu uma Sahor chorosa, que dispensava a defesa de terceiros, dizer diretamente a Cleops que ela era aprisionada e manipulada por seus pais e por isso se voltou contra Cleops. Argumentou aos prantos que não merecia castigo, por que era muito doente, igual mãe, que a culpa era de Cleops que não havia lutado por ela e tirado ela das garras dos pais, protegendo-a de tanta perversidade. Além de jogar a culpa de suas ações sobre Cleops, ela gastou parte de seu tempo para defender a mãe, morta, dizendo que não legitimava o julgamento de Merys, por atos cometidos em vida, após sua morte. Que a morte apaga e perdoa.

Cleops observava Sahor, aquela aparência de insanidade e fragilidade carregava tanta malícia. A irmã não se responsabilizava por nenhuma de suas escolhas ou atos, ela simplesmente justificava suas ações colocando a culpa nos outros. A postura inocente e frágil escondia um veneno mortal e pulsante. Ela precisaria parar sua irmã, para o bem da nação, mas seu coração doía com isso.

No momento da apresentação de acusações e provas contra Merys, houve um abatimento e um cansaço geral sobre todos que estavam na sala. A rainha, um dia, foi uma boa pessoa, uma jovem princesa e até mesmo uma atenciosa mãe. O fato de ter se tornado tão subjugada, vil e mesquinha entristecia a todos.

Em defesa de Merys, foi lida uma das muitas cartas deixadas por ela, em que ela relatava imenso sofrimento. Dizia que Tutsy a persuadia contra as filhas, querendo a todo custo o poder e que ela o amava demais para conseguir reagir e tomar alguma atitude contra ele. Então, em nome desse amor, diversas vezes foi obrigada a ser injusta com suas filhas, principalmente Cleops para atender os caprichos do marido. Revelou ainda que o maior desejo de Tutsy era ter um filho homem, e que ela, Merys, não havia conseguido gerar e por esse motivo aceitou tramar e mentir contra Cleops. O objetivo era dar a Tutsy o que ele tanto desejava, um descendente masculino, tomando para si Ravi, primogênito de Cleops. Foram apresentados documentos que provavam alterações na genealogia monárquica, apagavam o nome de Cleops nos documentos e na história e colocavam Ravi como filho de Merys e Tutsy. Essa segunda parte, enfureceu a rainha.

Na carta de Merys ainda, ela dizia que já doente e vendo a morte se aproximar, se arrependeu e sofreu muito com tudo aquilo, mas que sabia o quanto a filha era especial. Esperava que o próximo regente de Kemet lhe reservasse uma tumba repleta de tesouros no vale das rainhas, para que ela não passasse necessidades nos pós vida.

Em sua defesa, os anciões da lei apenas disseram que os seus cargos eram vitalícios, que eles estavam acima do povo e sua soberana. Tiveram a ousadia de afirmar que não cometiam erros e que não podiam ter seus julgamentos revisados por nenhuma outra corte, pois eram a mais alta corte, o supremo tribunal daquelas terras.

Cleops ouvia e refletia que atitudes como aquelas dos anciões da lei criavam, os tão temidos tribunais de exceção, e mereciam, e seriam enfim julgados, por suas ações. Um a um, os anciões teriam suas decisões novamente julgadas.

Chegou à vez de Tutsy falar e, surpreendendo a tudo e todos, ele disse mansamente a Cleops:

— Filhinha, eu nunca me voltei contra ti, estava apenas te preparando para assumir o reino e ser a maior e melhor entre as rainhas. Estava forjando sua força, disciplina e caráter, e é claro que você vai perdoar o papai e deixar que eu viva na corte, sendo teu conselheiro real. Quanto ao comércio de pessoas, elas aceitaram de bom grado e isso trouxe muito lucro para coroa. Podemos juntos lucrar mais, quem ousaria desafiar a ti?

O descaramento de Tutsy era tanto que Cleops pediu um recesso de alguns dias. Nesse julgamento não se sabe quem é o mais vil, Merys e Sahor, com seu vitimismo, não aceitando seus erros e fazendo o que bem entendiam sem pensar no próximo; uma corte suprema, corrupta de semideuses que não podiam ser desafiados ou um usurpador do trono cruel e sanguinário que se oferece como conselheiro real da filha que tanto perseguiu e maltratou. Aquilo enfurecia a rainha.

Ela precisou se recolher junto de Nephitis, sua filha, que sempre lhe trazia calma, paz e harmonia, para juntas rezar as divindades.

Cleops rogou às deusas e pediu inspiração, conselhos e força para agir de maneira justa. Ela retornaria em alguns dias à sala do torno com as sentenças e queria que elas fossem inesquecíveis na história do reino, servissem de exemplo para que ações tão vis não se repetissem. A rainha iria garantir pessoalmente que não houvesse impunidade, após o seu veredito haveria choro e ranger de dentes.

A Flecha da Deusa

"Mais penosas são as consequências da ira do que as suas causas"

Marco Aurélio

Ao retornar ao julgamento, primeiro leu a sentença dos anciões da lei e determinou que seus cargos não fossem mais vitalícios, que haveriam auditorias em sua suprema corte e que seus salários seriam atrelados a sua produtividade. A partir de então, eles deveriam mostrar prudência e produtividade igual ou maior do que os demais servos do reino, escribas, militares, educadores e curandeiros.

Houve fortes reações da equipe jurídica, mas a sentença foi cumprida.

Os anciãos tiveram que deixar seus cargos após um mandato de cinco anos e outros assumiram esse dever. Os altíssimos soldos foram sendo ajustados ao longo dos meses, e ao final de um ano, todos os servidores do reino recebiam um bom e digno pagamento. Escribas, militares, educadores e curandeiros tiveram seu soldo equiparado ao dos senhores das leis.

Antes de sentenciar os membros de sua família, Cleops novamente ouviu todos com paciência. Pediu novo recesso, se retirou da sala por algumas horas e precisou chorar. Aos prantos, clamou às Deusas Ísis e Diana que a ajudassem a servir com justiça, por mais que suas decisões viessem a doer em sua própria carne.

Após um temp,o a rainha retornou à sala de audiências já com as penalidades que seriam atribuídas a cada acusado. Começando por onde mais doía, chamou Ravi e diante de todos ali presentes, leu sua sentença.

Sentenciou seu amado filho Ravi por ter tramado e agido contra sua mãe e rainha, ao exílio por três anos, assim que atingisse a maioridade, servindo como membro do exército em terras estrangeiras, ajudando em missões de paz.

Cleops esperava que nesse tempo do exílio seu filho Ravi pudesse conhecer as mazelas alheias e aumentar seu senso de justiça e empatia. Ela acreditava que a bondade permanecia, mesmo que um pouco adormecida, no coração de Ravi e o recolocou na linha de sucessão real, após Nephritis e descendência feminina.

Ela preparava o terreno político de Kemet, o atrelando a linhagem de sangue, realocou Ravi para o caso de não haver outras mulheres aptas para assumir o trono quando chegasse a hora. Era o dever de Cleops como mãe e soberana prepará-lo para ser um bom líder, sendo rei ou apoiando a rainha.

Ravi ouviu a sentença e se enfureceu, disse que havia se arrependido e, mesmo tendo salvado Cleops, ela ainda o castigava. Mesmo diante de todos, a rainha verteu lágrimas, no entanto manteve a sentença.

Depois de alguns dias, mesmo revoltado e um pouco temeroso, Ravi aceitou o seu destino e se acostumou com a iminente partida das missões.

Ao vê-lo partir, alguns meses depois, pois em Kemet a maioridade se dava aos 14 anos, para missões de paz, Cleops chorou novamente, se recolheu e sofreu, mas, no fundo, sabia que estava fazendo o certo pelo amado filho e pelo reino.

A próxima sentença a ser lida era a de Merys, apesar de falecida, a tradição do povo de Kemet determinava um julgamento para seus atos.

Então leu:

– Sentencio a falecida rainha Merys, minha mãe, por ter agido com sagacidade para o mal, tramado, mentido, inventado, manipulado pessoas a pesagem das almas no submundo. Por ter escolhido o caminho da injustiça e artes das trevas, e com isso ter trago desonra e sofrimento para toda a família, não levará tesouros para pagar a passagem direta para vida eterna. Terá que passar pela pesagem das almas e seguir os preceitos do livro dos mortos.

"Seu corpo será retirado do vale das rainhas e enterrado em vala comum no cemitério público, sem riquezas, sem jóias e outras coisas. Dessa forma será conduzida pelo deus Anúbis para se apresentar ao Tribunal de Osíris, local em que sofrerá uma avaliação de seus erros por outros seres divinos. Ao final seu coração será pesado por Osíris e sua alma encaminhada para onde merecer, de acordo com sua consciência e motivações."

Cleops continuou a ler a sentença:

– Para que todos se lembrem de ti e suas ações boas e más ao longo da vida, um busto em tamanho real será confeccionado em sua homenagem e colocado na entrada de karkaram, o centro de curas psiquiátricas do reino. Esse busto não será uma homenagem e sim um aviso para todos de que a loucura regada ou criada pela perversidade precisa ser tratada. Se estivesse viva, seria internada no centro de curas psiquiátricas para tratamento e reabilitação, mas como não está, um busto seu será a lembrança viva de que a justiça precisa ser feita e a loucura tratada. Às vezes, a pessoa é puramente má, às vezes sofre de transtornos psiquiátricos graves, é dever dela e família buscar reabilitação ao invés de fazer da vida dos outros um inferno.

Sahor ficou perplexa com a penalidade de Merys e começou a chorar copiosamente. Sendo trazida à sala, foi lida sua pena.

– Sahor, por ter tramado contra a rainha, o reino e agido com injustiça, você não mais poderá viver no castelo. Sendo seu desejo, poderá se casar, trabalhar e viver como uma cidadã comum e livre, a partir de agora você está fora da linha de sucessão real. A você será dada sua herança, um excelente dote e uma casa para viver, para isso você deverá se tratar em karkaram por dois anos, indo três vezes na semana para acompanhamento.

Sahor se surpreendeu com a leveza de sua pena comparado a dureza do castigo de Merys, e a rainha respondeu que a ela cabia a responsabilidade de ser feliz. Bem ou mal era ela quem cuidava de Ravi no tempo que ele foi afastado da mãe e levado ao palácio. Que ela também foi vítima de Merys e Tutsy.

Estava banida do castelo, porém poderia habitar no

reino e no que dependesse de Cleops teria uma vida feliz e plena, seu maior castigo seria trabalhar para viver.

A flecha de Diana ardia embaixo das vestes de Cleops e ela acreditava que o momento de a usar estava próximo, no dia seguinte seria a hora de decidir o destino de Tutsy.

Na manhã seguinte, Tutsy entrou na sala rindo e tranquilo, não estava amarrado, o que chamou a atenção da rainha, e apenas disse a Cleops:

— Minha querida filha, antes de ler meu castigo, me conceda um abraço – e subiu em direção a Cleops.

Ela não queria o abraçar, mas ele foi rápido em sua direção a enlaçou, fincando uma adaga em seu peito, saiu de perto enquanto ela caia e gritando disse:

– Posso não ser o rei, mas você também nunca será! Morra sua bastarda ingrata!

Tutsy foi contido e amarrado. Luke correu ao encontro de sua amada que sangrava no chão diante do trono. Todos os presentes estavam com olhares perplexos e de indignação.

Levada para dentro, carregada por Luke, Cleops abriu o seu manto e viu que a flecha brilhava e que de alguma forma milagrosa, ela havia protegido o seu coração. Estava fraca, porém salva.

Luke, assim que pode, deu a notícia do milagre da salvação de Cleops ao povo. Enquanto ela era atendida pelos curandeiros do reino e levada aos seus aposentos.

O julgamento de Tutsy por hora havia sido pausado, seus crimes só aumentavam, o ódio das massas contra ele era imenso. Cleops refletia qual seria o castigo apropriado para Tutsy?

Ainda sangrando e sentindo dor, rogou às divindades que lhe dessem força para cumprir com dignidade sua missão de soberana. Teve uma imensa surpresa ao ver ao lado de sua cama a criada dos reis magos Camily, pois ela sabia tratar-se, na verdade, da poderosa deusa Ísis. Naquele momento estava a sós com ela e sentiu suas forças se restabelecerem com a presença da deusa.

A poderosa Ísis sorria e cuidava de seus ferimentos, com os olhos vidrados recitava uma linda canção em versos que falava:

"Pode haver momentos em que somos impotentes para evitar injustiças, mas nunca deve haver um momento em que deixamos de protestar e tendo o poder devemos impor a justiça".

Ouvindo estes versos e absorvendo seu incrível conselho adormeceu por algum tempo.

Ao acordar, Cleops percebeu que estava sozinha. Ela já se sentia melhor e prontamente se levantou. Com passos decididos, se dirigiu a sala do trono, chocando a todos e exigiu que trouxessem o prisioneiro. Apesar de estar ferida e com as vestes imersas em seu sangue, ela regressou para finalizar o julgamento e, por fim, àquela maldição.

Novamente Tutsy surpreendia a todos, tendo em vista que em um rápido momento em que Ravi repreendia o avô, revoltado pelo que ele tinha feito a sua mãe, este o fez de escudo e refém. Em segundos, Tutsy estava já solto de suas correntes, segurando novamente uma adaga ao lado de Ravi e bradava que sairia dali vivo e com o seu neto. Caso alguém viesse atrás dele, ele mataria primeiro a Ravi e depois a si próprio.

A flecha de Diana estava como que por milagre novamente nas mãos de Cleops que, ao ver o perigo que seu filho corria ao lado daquele cruel e sanguinário ser humano, agiu, mais por instinto do que por razão. Puxou o arco de Luke, que estava ao seu lado, encaixou a flecha da Deusa e disparou. A flecha lançada desviou de Ravi indo parar diretamente na testa de Tutsy, que caiu no chão já sem vida.

Seu corpo se desintegrou como poeira. Sua alma era apodrecida e sua estrutura física resistia por magia. A flecha da deusa desfez o feitiço que mantinha Tutsy de pé, revelando a todos sua natureza maligna.

A morte não era a penalidade que Cleops havia definido para Tutsy. Entretanto, era o que a deusa havia decidido e por suas mãos justiça foi feita, sem vacilo ou piedade, pondo fim a uma toda uma era de sofrimento.

Nos três anos seguintes, o reino cresceu em tamanho e riqueza, Cleops finalmente celebrou uma gigantesca festa de casamento com seu amor Luke, o consorte da rainha.

Cleops entrou no templo esplendorosamente vestida, sem véus que cobrissem o seu rosto, que estampava o mais lindo sorriso. Em nada se parecia aquela princesa que passou por tantas dificuldades e injustiças, que havia entrado naquele mesmo templo anos atrás liderando uma rebelião.

Quem entrava feliz e triunfante em direção ao altar não era a rainha e sim a mulher, a amada, a futura esposa de Luke. Quem a trazia ao altar era Ravi, agora já havia se formado oficial do exército de Kemet. Um jovem oficial vestido em trajes militares, que em nada se parecia com o príncipe arrogante e mimado de outrora. Aquele era o final feliz para a matriarca e seu grande amor.

A pequena Nephritis desenvolvia e florescia em beleza, simpatia e inteligência. Era uma criança muito especial, por onde passava trazia a paz e a pacificação. Realmente aquela criança era um milagre, ela ajudou a curar as feridas no coração do reino, após as tragédias ocorridas.

Em um belo dia de sol, passado algum tempo do casamento, Cleops já grávida de mais um bebê, viu Ravi novamente regressar de uma das missões de paz. Ele estava diferente em sua postura e em seus traços, nem de longe lembrava a criança problemática que um dia foi.

Deu um longo abraço na rainha e pediu perdão por todo sofrimento causado, agradeceu pela mãe nunca ter desistido de lutar por ele e por tudo que ela fez em prol de sua educação e dignificação enquanto ser humano.

Para completar a felicidade da rainha, Ravi disse que se sentia um homem e sua consciência o tornará uma pessoa melhor e mais justa; contudo mesmo assim não se sentia menos culpado do que Sahor e não via motivos para se manter na linha de sucessão do reino.

Disse a mãe e soberana que gostaria de continuar servindo como oficial do exército e deixar de vez a realeza, pois assim eu estaria livre para sair em mais missões pelo mundo, tendo a chance de um dia se tornar general das forças de Kemet, tendo assim poder e autoridade o suficiente para ser o protetor e aliado de sua irmã e futura soberana, Nephritis.

Cleops chorou lágrimas de felicidades, satisfação e saudade, estava enfim muito orgulhosa de seu amado filho. Ele de fato se tornou um grande homem.

Ao príncipe Ravi estava destinado mais do que a sucessão ao reino. No futuro, Ravi seria conhecido como o ancião da lei mais justo e proativo que Kemet já teve, indicado por mais de uma nação para ser um Rei Mago do Oriente, daqueles que recebem e orientam os grandes futuros líderes de nações.

Sahor havia completado seu tratamento em karkaram decidiu se casar com Fernando. Foi realizada uma linda cerimônia fora dos muros do castelo, mas com a presença de Cleops.

A rainha estava muito feliz por sua irmã caçula, ela parecia curada de suas perturbações. Sahor e seus descendentes viveram bem e felizes, de maneira confortável para o resto de suas vidas.

A princesinha Nephritis se tornou uma linda mulher e uma soberana que tinha autoridade e suavidade, governou com extrema competência sendo apoiada por Ravi. Foi uma majestade maior e melhor do que sua mãe. Unificou as terras altas e baixas do reino, formando uma grande civilização.

Sua preparação para coroa começou aos sete anos de idade. Durante seis dias da semana, a princesa tinha aulas de astronomia, história, literatura, física, matemática, filosofia e ainda aprendia diversos idiomas. Também estudava dança, piano, desenho, geografia, geologia, sociologia e ciência política. O melhor de tudo é que a jovem princesa amava se dedicar aos estudos e tinha um aproveitamento surreal tanto qualitativo quanto quantitativo.

Cleops, foi uma grande matriarca, teve mais filhos, e todos se tornaram grandiosos; teve netos e bisnetos extraordinários. Uma descendência digna e frutífera, ela foi muito feliz ao lado de seu consorte e governou com sabedoria até o fim de sua vida.

O reino viveu prosperidades e catástrofes, contudo manteve-se de pé. Esse mesmo reino que passou por tantos conflitos e batalhas, tendo até mesmo suas tradições e divindades substituídas ao longo dos milênios tornou-se uma grande civilização.

No final de sua glória, ele foi governado pela última descendente viva de Cleops, que recebeu o seu nome talvez em homenagem à soberana guerreira de Kemet.

Uma rainha esplendorosa que também adorava as Deusa Ísis, erguendo vários templos em sua honra e que carregava como herança familiar a ponta da flecha de Diana que transformou em joia que trazia junto a si em forma de colar. Usava a flecha como uma relíquia para protegê-la e ajudá-la a agir com justiça e dignidade.

Foi uma descendente gloriosa que herdou a genialidade estratégica de seus antepassados e a força e formosura de Cleops. Uma soberana muito amada pelo povo, portadora de uma personalidade forte e alto poder de persuasão.

A rainha que ficou conhecida nos livros de história como a mulher mais influente da antiguidade. Seu nome foi Cleópatra, a última rainha do Egito.

Posfácio

Com a morte de Júlio César, Marco Antônio tornou-se o homem mais poderoso de Roma. Ele conheceu Cleópatra em 41 a.C. na cidade de Tarso, na Turquia. A rainha egípcia estava a bordo de um barco, com polpa de ouro e remos de prata, enfeitada como Afrodite, a deusa grega do amor e da beleza. Ao som de flautas, alaúdes e oboés, meninos vestidos como Cupido, o deus do amor na mitologia romana, abanavam a rainha com plumas de avestruz. Não à toa, Marco Antônio caiu de amores.

"A tumba de Cleópatra continua sendo um dos grandes enigmas da Antiguidade", afirma Gisela Chapot, doutora em História Social pela Universidade Federal Fluminense (UFF) e pesquisadora do Laboratório de Egiptologia do Museu Nacional (UFRJ).

"Uma das teorias mais aceitas defende que estaria no templo da Deusa Ísis na Ilha de Faros. Toda a ilha, bem como o Farol de Alexandria, foram tragados pelo mar em um terremoto em 1375".

Tão intrigante quanto o local de sua sepultura, prossegue a historiadora, só mesmo a causa de sua morte.

"Segundo os autores clássicos, Cleópatra teria optado pelo mesmo destino de Marco Antônio para manter sua dignidade até o fim e não ser vilipendiada pelas ruas de Roma", justifica.

A egiptóloga americana Kathlyn Cooney acredita, porém, na tese de assassinato. **"Cooney diz que a teoria do suicídio pode ter ligação com a propaganda pejorativa feita por Otávio", explica Chapot.**

"O suicídio de uma mãe no Egito era considerado uma atitude execrável porque abandonava a prole à própria sorte. Essa versão contribuiu para acentuar o *damnatio memoriae* ("condenação da memória") de Cleópatra e manchar sua imagem no Egito".

https://www.bbc.com/portuguese/geral-62481085. Cleópatra: a história de uma das rainhas mais poderosas de todos os tempos. Visitado em 28 de janeiro de 2023.

MAPA DE KEMET

MAR MEDITERRÂNEO

TEMPLO DAS SARCEDOTISAS DE DIANA

REINO DE KEMET

REINO ESTRANGEIRO

ANTUÁRIO DOS REIS MAGOS DO ORIENTE

GOLFO PÉRSICO